ÉPITRE

A MONSEIGNEUR LE COMTE

DE PEYRONNET,

GARDE DES SCEAUX.

A PARIS,

CHEZ J.-G. DENTU, IMPRIMEUR-LIBRAIRE,
rue du Colombier, n° 21.

1826.

ÉPITRE

A MONSEIGNEUR LE COMTE

DE PEYRONNET,

GARDE DES SCEAUX.

PARIS.

IMPRIMERIE-LIBRAIRIE DE J.-G. DENTU,
RUE DU COLOMBIER, Nº 21.

M D CCC XXVI.

ÉPITRE

A MONSEIGNEUR LE COMTE

DE PEYRONNET,

GARDE DES SCEAUX.

———————◄०००►———————

En des jours malheureux *, noble soutien du trône,
Courageux défenseur des droits de la couronne,
Ministre d'un grand Roi, vos utiles travaux
A la France agitée ont rendu le repos :
Mais aujourd'hui, pourtant, la discorde expirante
Veut encor, parmi nous, se montrer menaçante;
Et d'obscurs novateurs colportent dans Paris
Le poison dangereux semé dans leurs écrits.
Paraissez, et soudain votre mâle éloquence
Détruit des factieux la coupable espérance.

* Les cent-jours.

Tremblante devant vous, la révolte pâlit ;
La vertu se rassure, et le crime frémit.

Redirai-je ces temps d'exécrable mémoire,
Qui flétrissent les cœurs et souillent notre histoire,
Où des hommes pervers, tribuns séditieux,
Armaient contre le prince un peuple furieux ?
L'amour sacré des lois fut toujours dans leurs bouches.
A la voix cependant de ces hommes farouches,
La terreur accourut, dressa des échafauds,
Et la mort, chaque jour, fatigua les bourreaux.
Dans ces affreux momens de deuil et d'épouvante,
Quel tableau douloureux à mes yeux se présente !
Louis n'est plus : déjà le crime triomphant
S'élève, avec orgueil, sur son trône sanglant ;
De nos murs désolés la liberté bannie
Évite, en frémissant, l'œil de la tyrannie ;
A gémir en silence un peuple est condamné.
Les autels sont détruits ; le riche consterné
S'arrache, en soupirant, aux lieux qui l'ont vu naître,
Et pleure dans l'exil sa patrie et son maître.
Par le fer des bourreaux épargné trop long-temps,
Le vieillard, près de lui, voit tomber ses enfans.
Le fils de tant de rois, notre unique espérance,
Doit par de longs tourmens expier sa naissance ;

Et le jeune martyr, à la mort destiné,

Dans un cachot impur périt abandonné.....

Ah ! chassons loin de nous une funeste image !

Le lis majestueux se lève après l'orage :

Un Dieu consolateur vient l'offrir aux Français

Comme un gage éternel de bonheur et de paix.

Sous le règne des lois, la timide innocence

Des lâches délateurs ne craint plus la vengeance.

Le commerce, en tribut, apporte sur nos bords

Des rives de l'Indus les précieux trésors.

Au Louvre, qu'enrichit la main des Praxitelles,

Nous retrouvons Louis sous le pinceau d'Apelles.

Oui, dans Paris encor, noble cité des arts,

Des chefs-d'œuvre nouveaux naissent de toutes parts.

L'univers consolé goûte une paix profonde,

Et des feux dévorans n'embrasent plus le monde.

Entouré de ses fils, le laboureur joyeux

Cultive doucement le champ de ses aïeux.

Tout reprend, parmi nous, une face nouvelle ;

Ah ! ne regrettons pas une gloire cruelle !

Dans les glaces du Nord, j'ai vu nos bataillons

Sur des remparts croulans planter leurs pavillons :

Les braves triomphaient ; mais la patrie en larmes

Pleure sur des tombeaux le succès de leurs armes.

Des esprits turbulens, qu'irritaient nos douleurs,

Pour des maux étrangers ont retrouvé des pleurs ;

Et du malheur des Grecs, l'âme tout attendrie,
Ils appellent l'Europe aux champs de l'Ionie.
J'admire, avec effroi, le généreux effort
D'un peuple que poursuit l'esclavage et la mort.
Mais lorsque près de nous la discorde infernale
Enchaînait dans Cadix une tête royale,
Ces hommes, qu'indignaient les fureurs du croissant,
Insultaient un Bourbon dans les fers gémissant :
Ils vantaient la valeur des soldats et des traîtres
Égorgeant sans pitié les nobles et les prêtres ;
Et sur des corps sanglans, parlant d'humanité,
Ils osaient dire encor : LIBERTÉ! LIBERTÉ!....
Un délire alarmant trouble toutes les têtes,
Et l'Europe sommeille au milieu des tempêtes.
Tout fermente aujourd'hui : les rangs sont confondus;
L'artisan glorieux ne se reconnaît plus.
Du fond de sa boutique, un marchand philosophe
Gouverne l'univers en vendant son étoffe :
Vainqueur des préjugés, il admire Dupuis
Montrant le ciel désert à ses yeux éblouis ;
Il lit Helvétius, ou commente Voltaire ;
Il consulte avant tout le philantrope* austère
Qui, prêchant les devoirs de l'amour conjugal,
Envoyait ses enfans mourir à l'hôpital.

* Rousseau.

Un nouvel enrichi prend un air d'importance ;
Mieux que le grand Colbert il nous parle finance ;
D'officiers mécontens il peuple ses bureaux,
Et son premier commis écrit dans les journaux.
Un marquis libéral accuse la fortune :
Malgré l'égalité, qu'il vaute à la tribune,
Pour l'aîné de ses fils il fonde un majorat,
Et par humilité veut siéger au sénat.
Voyez le vieux Mondor, qui déclame sans cesse
Contre les dignités, les grands et la noblesse :
Des titres qu'il n'a pas, zélé réformateur,
Un vicomte, un baron le mettent en fureur.
Admirez cependant son orgueil ridicule :
A son nom roturier il joint la particule ;
Et dissimulant mal ses vœux ambitieux,
Il court chez un d'Hozier* acheter des aïeux.
Chassés honteusement, ses parens, qu'il oublie,
N'iront point obscurcir sa généalogie.
Un autre, tout rempli de l'amour des Anglais,
Publiciste effronté, rougit d'être Français.
Libre et chargé d'impôts, le peuple britannique
Subit péniblement un joug démocratique :
On l'enivre, il est vrai, de son égalité ;
Oui, toujours en rumeur contre l'autorité,

* Généalogiste immortalisé par les vers de Boileau.

Dans leurs vastes hôtels il va troubler ses maîtres,

Lapide leurs valets, et brise leurs fenêtres.

Mais trop souvent, hélas! à Tyburn * attendus,

On voit des citoyens, dans les airs suspendus,

Maudissant les rigueurs de leur douce patrie,

En public, avec pompe, abandonner la vie.

Des mœurs de nos voisins défenseur imprudent,

Cherche le député d'un peuple indépendant:

Il nourrit à grands frais l'orateur de taverne,

Que l'argent éblouit, que le porter ** gouverne.

Au milieu de la rue, un heureux candidat

Enlève aux radicaux l'honneur du pugilat:

Le combat terminé, plus d'une seigneurie

Présente au parlement sa figure meurtrie,

Et montre avec audace à l'opposition

Les signes évidens de son élection.

Puisse la liberté que l'Anglais préconise

Ne dépasser jamais les bords de la Tamise!

On ne m'entendra pas, dans un libelle amer,

Quereller sans raison nos amis d'outre-mer.

Mais un Français jaloux de l'honneur de la France,

Ne doit point envier leurs lois ni leur licence.

---

* Lieu où l'on exécute les condamnés, dans un faubourg de Londres. On sait que les lois anglaises prodiguent la mort.

** Bière anglaise

Déjà nos érudits, partisans d'Albion,

En murmurant peut-être ont demandé mon nom :

A ma muse inconnue ils prodiguent l'outrage.

J'ignore cependant un servile langage ;

Jamais dans nos salons, pour un usurpateur,

Je n'ai prostitué mon vers adulateur,

Ni chanté les exploits du nouvel Alexandre,

Au milieu du carnage et d'une ville en cendre.

Moins ardens autrefois, nos fiers républicains

Adoraient, en tremblant, le maître des humains ;

Et loin de repousser un brillant esclavage,

Jusque sur les autels ils portaient son image,

Quand le sang d'un héros, à Vincenne égorgé,

Dénonçait un grand crime et n'était pas vengé.

D'un chef ambitieux la sombre tyrannie

Opprimait la vertu, la gloire et le génie.

Des censeurs bien payés, armés de longs ciseaux,

Sans pitié mutilaient nos ouvrages nouveaux.

Un imprimeur discret, dans l'*Ode à la Fortune**,

Châtiait les écarts d'une muse importune.

* Dans les nouvelles éditions, de J.-B. Rousseau, on avait sup-
primé ces deux strophes :

Quoi Rome et l'Italie en cendre..

Quels traits me présentent vos fastes ..

Pour l'idole du jour, Tacite injurieux

Fut long-temps condamné comme un séditieux.

Le poëte, à genoux dans une dédicace,

D'un éloge obligé surchargeait sa préface.

Aujourd'hui, moins timide et souvent applaudi,

Par d'éclatans succès un auteur enhardi,

Contre les rois élève une voix prophétique,

Et sape lentement la monarchie antique.

Quelquefois, j'en conviens, un gendarme insolent,

Esclave impérieux, comprime le talent :

Mais un grand écrivain n'aperçoit que la gloire;

Et s'il meurt en prison, il vivra dans l'histoire.....

Ah ! pourquoi, Peyronnet, ces hommes égarés,

D'un pouvoir protecteur se sont-ils séparés ?

Avez-vous donc, hélas ! par un ordre arbitraire,

Exilé la vertu condamnée à se taire ;

Ou, dédaignant les cœurs prêts à se convertir,

Repoussé durement un noble repentir?

Non, des bienfaits nombreux ont découlé du trône,

Et le Roi légitime est un Roi qui pardonne.

Conducteur éclairé du vaisseau de l'État,

La justice, avec vous, a repris son éclat.

La faveur du Monarque autour de vous appelle

Le savant honnête homme et le sujet fidèle.

Si des esprits chagrins, dans leurs emportemens,

Vous poursuivaient encor de leurs cris impuissans,

Que le bonheur public les contraigne au silence !

La paix à nos cités ramène l'abondance ;

Oui, nos divisions s'éteignent pour jamais,

Et dans un même amour s'unissent les Français.

FIN.

www.ingramcontent.com/pod-product-compliance
Lightning Source LLC
Chambersburg PA
CBHW061444170626
46811CB00005B/2361